詩集

佇まい

佐藤勝太

コールサック社

詩集

『佇まい』

目次

Ⅰ　自画像

Ⅱ

肖像

Ⅲ　戦中から現代へ

Ⅳ

ふるさと・青春

V 山・島

Ⅵ　千里川

詩集『佇まい』

佐藤勝太

I　自画像

自画像

理髪店の鏡に映っている顔
銀髪が光っていると思っていた頭は
サラサラと冬の芒のよう
頭頂の疎林を風が吹き抜ける
額には数本の狷介《けんかい》な横皺

鼻梁は貧相なくせに
中心に座っている
左の眉は薄い
なぜか白い毛が一本立っている
左眼が小さく一重瞼

それでも右眼と競って
老眼を開いて貪欲に
遠くの光を探している

一文字に結んだ口は
右斜に傾いて
何事かを言いたげだ
頬や額の染みは翳となって
表情は茫然としている
それでもまだ世間を歩いている
これからも人混みを闊歩し続けたい
と思っている

俺の顔が輝く
髪型にしてくれと言うと

若い理髪師は
ハタッと手を止めて薄笑い
考え込んでしまった

テレビの中の顔

テレビ番組の中で
画面に映った老人の
顔を見た家の者が
お父さんによく似た人
という

見ると老いた顔に
陽やけした皺の多い顔
言葉は流暢だったが
うれしくない似顔は不快だった
俺はもっと良い男だと

言おうとしたが黙って
テレビを切り換えて
お笑い番組に変えていた

枯れていく頭

艾年《がいねん》*を迎えて
日々頭髪が白くなって
やがて艾《よもぎ》のような白髪に
年齢より早く髪が枯れて
抜け落ちていく

遂には隣りの爺さんのように
テカテカと赤く光る禿頭に
なっていくのだろうか
ヘアトニックを朝夕振りかけ
マッサージするが効果はない

若い頃は黒々とした頭髪を
光らせては自慢した頭は
中味と共に薄くなり老いを
象徴していく

＊頭髪がよもぎのように白くなる五〇歳。

手

若い日の手は
よく動いた
字を書くのも
女性と握手して
その手で抱いて
キスすることも
素早くやった

老いた手は
散歩の道で
腕を振って

その手の平を
かざして風景を
楽しんでいる

掌

ある日しみじみと
わが掌を眺める
生れて以来母の乳房から成長
食事や文字を手書きをし
時には悪戯《いたずら》をしたり握手したり
喧嘩で相手を殴ったこともあった

忘れられないのは
成人してから何人かの女性と
抱擁したり離したりした掌
老いたいま

染みと皺に覆われた掌は
なおも無器用に動いて
何かを摑もうと空をまさぐっていた

勤めの朝

朝の太陽に私の眼は覚めて
付近の光の中
春の緑が今日を導いて
一日の使命を自覚させる

道端で芽生えた草々が
濡れた顔で
私に元気をくれて
脚を急かせて
今日の仕事を導いてくれる

おはよう今日もよろしく
一斉にあいさつが力となって
それぞれの机の上は
書類とパソコンが
動いていた

すみれの咲く径

何十年　あの道を往復しただろう
右へ左へよろめき
小石に躓《つまず》いたり　引き返したり
ときには暖簾《のれん》を押して
不遇をかこつわが身を
酒で洗ったこともあった
ある日は速歩でまたの日はゆっくりと
歩調は違っていたが
周辺の風景も眼には残っていない
規範のなかで実直に仕事をこなし

それ以上でも以下でもなく
それだけだったが
それでも充実していると思っていた
定年の日
やり残したことの多いのに慌て
達成感がないまま職場を後にした
振り返ると　書類だけが山積し
自分らしい痕跡は見えない

同僚とも別れ　談笑の日々もなくなった
あの道が陽炎のように続いている
アスファルトを破って
隙間からすみれが咲いているのに
気づくようになった

足の韻《ひびき》はないが萎えた脚をなだめて
活力を呼んでみた
歩一歩踏み出して
街路の花や緑の情景を
ゆっくりと歩く径《みち》を探している

憎しみを消して

内奥に秘めていた思いが
ある日言葉になって出てしまった
日夜頭の中で抑えてきた憎しみが
軽率にも言葉になってしまった
がその言葉は一人で歩きながら
路上に吐いたもので
聴く者は居なかった

ある日一日軽快に体が動いて
夜日記の中に数行にわたって
内に秘めていたことばを書き連ね

声に出して読むと何故か不思議に
胸の中が軽くなったようで
体中から憎しみの思いは
消えていた

癒しの散策

わあっとざわめく人の波
アベックや独り者
老人や男女の若者
右へ左へこれという目的もなく
彷徨い歩くことで

家庭のこと仕事のこと友人などの
複雑な人間関係が
雑踏の中へ消えて
鬱陶《うっとう》しい気分を忘れて
ゆっくりと脚を運んでいたが

何の用件もなく
ただ混雑にもまれ
日常を忘れて呆然としていた

旨酒

旨酒を呑んで語ろう
今日一日と明日のことを
体を揺すって応化しよう
心の憂さを吐き出して
嫌なことは忘れよう

日々のことごと噛み溶かし
明日の糧となるように
味わい力とするように
旨酒呑んで皆んなで
乾杯頑張ろう

わが家への道歩く脚
よろめきながら
月明かりの下こおろぎの声
明日の仕事のあれこれが
酔った頭を巡っていた

動作の意味

日頃は
投げやりに物事をいい加減に
過して来たが
今度からはせめて
丁寧にと
気を使うようになった

世間では
いい加減なことは非難するが
丁寧だと認めてくれるようで
動作の意味に大差があることを知って

襟を正さねばと
言葉の意味の違いに
気を付けるようになった

探していた

あれもしたい
これもしたい
生きていて気に入ることは
全て一応体験し試みた
がなお未だ満足できないものが
日夜悩ましていた

それは何か
己れ自身摑めないものが
付き纏《まと》ってブレーキとなり
川沿いを散策し山に登り

雑踏の中に立って見つめ
探していた
ある時それが人生というものと
何処かで囁くものがあった

わが半生

少年の頃　ふるさとの家から
空を流れる雲を見上げて
遠くへ行きたい
ここより　もっと自分を生かせる
社会がある筈と願い続けていた

青年になって　神戸へ出て
公務員となり　阪神間の市役所に入職
定年まで勤め終えて　ようやく
自由の身になったが

少年の日の夢は　すでに遠く
もう　新しい望みへの力はなく
六甲山に登って　ふるさとの方向に
手を合わせて詫びていた
山頂から瀬戸内の島々を望んで
呆然と立ち尽くしていた

冷たい風

風は冷たいというのに
なぜか心は熱く燃えていた
冷気の中を歩いて
目的に達すれば
目指す仕事が待っているはず
その理想をかついで行くと
身体の芯が軋み
気を失いそうだった

ここで倒れたら生涯を失うと
亡き父母が叱咤している声が

惰性を激励していた

呆けの前兆か

何かを急かすものが
次々と攻めるように重なって
日常がぎくしゃくとして
物事が前へ進まない

脚が前へ進むのを拒むように
体が重く動くのが怠い
度々意識が中断して
物忘れが多く失敗が続く

いよいよ来たかと頭を叩き

沈んでいると
まだまだそんなものじゃない
呆けはこれからだと
どこからか囁きが聴える

火影

時の流れに逆らいながら
生きて来た半生
ただよう運に乗ったり落ちたり
ようやく世間を歩いて来たが
行方はまだ見えない

遠い彼方にちらちらと
見える火影《ほかげ》は何だろう
目指す形はないけれど
どこか似ている夢の姿
近づくと消えていた

だがやはり
火影が見える限り
歩かねばならない

詩作の動機

詩は日頃心の奥で蠢《うごめ》いている
雑多な思いを
平易な言葉で表現し
己の心を洗うものでありたい

いつも口には出せないで
心の奥に溜めたまま
鬱積していると
人は暗くなりやすい
口に出して他人には言えないことは
多いがその度に紙に詩らしい

ことばを書いていると
無意識に淀んでいる思いを吐き出し
酒を呑んだり歌を唄っていると
いつか詩のような形の文章になって
爽やかな気分になる

詩作の行方

詩作では美しいことを
書きたいと常々思ってきたが
出来上がった作品は
多くが苦しみや嫌な内容が
羅列されている

老いと共に
嬉しいことは減って
少年の日々目指した夢は
次々と忘れて
喜びは腹の底から次々と去り

無い現実に喜びや生き甲斐を
持して示唆するのが
詩でもあろうか

心象と心証

詩は心が発する
言葉であるという
その人の意識の中に
現れる像や姿のイメージが
心象となって表現される

また他人の言動から受ける
印象は心の中に
行動や言葉が心証となって
体に響いて行動を規制して
その人の人格を形成していく

何れも人格形成に大切な
心の持ち方といわれて
人間性を形成するスピーチで
あろうか

無心の笑顔

電車の中で
前の席の幼児が
じっと私を見ている
見詰めるので
にっこりと笑ってやると
眼を窓の外に反らす

私の何を見ていたのか
幼児の好奇心をそそのかす
顔だったのか私の服装だったのか
無心の笑顔か

気になる光景だったが
幼児の心を問う者も幼児も解らない
無心の行為だったので
あろうか

独り言

話題もないのに
何かを話す相手が欲しく
喋りたいが
黙っていては不安でならない
知らない他人に
話しかけるが
不審顔で
逃げるように去っていく

独り言で
自分に話しかけて

自分で返事をしていると
お父さんは呆けたらしいと
家人が心配する

夢の人生

時には立ち止まって
前と後ろを眺めて見よう
さすれば己れの行方の一面が
遠い彼方にかすかに見えるはず
後ろは霞んでやがて消え忘れていく

だが走ってはならない
ゆっくりと踏みしめて
歩一歩と進めば
やがて希望に出会うはず
しかし大きな夢には

落とし穴や失敗もあろう
何もかも全てを失う誤謬

一つの夢をじっくりと嚙み締めて
進んでみよう
新しい自分が待っているはず

Ⅱ　肖像

無口なことば

彼の言葉には
人の心にしみるものがあった

平素は無口で無愛想に
思われていたが
話の後には心を動かすものが
温く残った

彼は毎日山の麓を
独りで散歩しながら
小鳥の鳴声と会話し

明日のこと未来のことを
山の樹木や小鳥たちに
問うという

男

ある街で
スタイリッシュな容姿で
言葉の滑らかな男が居た
一見紳士風で動作も柔らかく
言葉も優しい男だったが

ある時一人の中年男が
二人のヤクザ風の男に
からまれて殴られているのに
出会い「止めんか」と一喝し
止めない二人の男を投げとばした

その勢いを見ていた
通行人は息を呑んで見とれていたが
これぞ男だと心の中で拍手して
己れを恥じていた

港で暮らす

日夜うろうろと彷徨い
遊んでいた男は
ある時火が点いたように
眠っていた体を動かす仕事を見付け
早朝から夕方まで精出していた
仕事がこんなに楽しいとは
知らなかったと

海岸に着いた船の荷物を
運ぶ仕事で夜は海辺の飲み屋で
波の音を聴きながら酒を飲んで

帰宅途中　小声で歌いながら歩いた
誰かさんがお前さんを見付けた
道の花々一輪が波にただよい寂しそうに
咲いていた……
と勝手な歌詞で歌っていた

湖畔で眠る石像の人

山陰路を歩いていて
宍道《しんじ》湖の公園の樹林で
詩人杉山平一さんの
石碑に遭遇した

冷たい雨の中だったが
先年九七歳で亡くなられた
杉山さんが毅然と立っているようで
身を正してしばらく対面していた

長らく阪神間で過し

多くの示唆を下さった
大先輩の長老は
今は学生時代の
湖畔で眠っていた

土と親しむ

朝食前からお婆さんは
門前の畑に出て
育てた野菜類を眺めて
曲った腰を丸めて土と話しながら
野菜を育てていた

こうした土が今は
唯一の相手で
十数年前に他界した
夫と話しながら
いまは息子夫婦と同居して

何不自由もなく遠慮はないが
老いても伴侶のない寂しさが
土いじりすることで
癒しとなっていた

青春をなぞって

正月三が日が過ぎて
人混みがなつかしく街に出た
デパートはどの階も
女性がひしめき
男客は疎《まば》ら
売場には女物が様々と波打って
バーゲン台の人垣を分けて
後ろの方から　どう地味やろうか
六十路の女性が胸もとで広げた
花模様の派手なセーター
よく似合っているわと連れの女性の

濃い化粧の皺が笑っている

二人は共に地味な人絹地のモンペ姿で
竹槍を肩に戦争を駆けた女学生時代があった
いまようやく喜々として
遠い青春をなぞっていた

遠い耳

老いた彼は耳が遠い
補聴器を着けようともしないで
もうこの歳で世間の雑音は
聴きたくないとにこにこしている

それでは危ないと誰もが心配するが
車は除けて道の端を歩く
もう世間は観るだけで良いのだ
人間の声は内容は同じようなもので
喧《やかま》しく聴きあきた
とステッキを振って平然としていた

がある日
交通事故で道路脇の溝の中へ
横たわっている人は
その人の亡軀《なきがら》であった

病院の老人

病院の中を俯いて
よろよろと車椅子を
押しているお婆さん
夫を乗せて担当医の部屋
を探していた

病院には
そうした老人も多く
病状を心配して不安そうに
院内をあちこちしている
人々が多い

そわそわと診察室を出入りして
結果に安心したような顔
不審顔の人など
病院の待合室は
一日中絶えない老人の群が
錯綜《さくそう》していた

月影の祖母

祖母が亡くなって弔いの翌日
おばあちゃんは何処へ行ったの
と三歳の孫がいう
夜空に輝く月を指して掌を合わせ
あのお月様のところへ行かれたの
と答えたが間もなく
月は雲に隠れてしまった

辺りは雲が流れて
地上に影を作っていた
孫は影を踏まないよう歩いていたが

じゃおばあちゃんは元気なのね
いつ帰って来るのと
元気な声で問うていた

旧友の哀しみ

久方にふるさとの街へ帰って来て
懐かしさに街並みを歩いていた
向こうから松葉杖に支えられた男が
体を傾けて歩いて来るのに出会い
どこかで見た面影に　おい大木君じゃないか
声を掛けると何十年ぶりかに頬笑み
彼はハタッと歩を止め見詰めて
顔を歪めて不自由な脚で急ぎ去って行く

間違いなく彼で高校生時は中・長距離の
県下有数の選手だった

中年期に大怪我をして家に引き籠り
世間に顔を出すのを嫌がると聞いてはいたが
老いて先のない身に少年の日の
自意識が今も生きているようで哀しかった

新しい生き方

海辺に腰を下ろして
漣の海を眺め遠くを望むと
遠い島々が霞んで見える

海の彼方に行ってみたい夢が
幻影となって誘うようで
波打ち際に足を入れて海水に浸すと
かすかに波打つ音が
体にまで伝わってくる

定職を途中で止めて

海の小島に独りで移住した友人は
今どうしているのか
煩雑な仕事から逃げたのではないはず
彼の新しい生き方とは何だったのか
誰も解らない

黙想のとき

川に架かった橋の上に立って
動かない老人
水の流れにわが身の
行末を浮かべて流していると
先に逝った多くの友人知人たちの
姿が浮かんでくる

お前は遅いじゃないか
と言う奴とか
俺の分まで長生きしてくれ
よく来たと笑顔で声をかけて

往年の少年時代が
蘇って懐かしい

Ⅲ　戦中から現代へ

高校野球

甲子園球場での全国から
選ばれた高校野球の開会式
晴れの舞台で観衆に応援されて
体を踊らせる少年たちの活躍が
羨ましく未来が見える
ようだった

五十数年前
田舎から単身で出て来て
胸を膨《ふく》らませ大都会の街並に体を震わせ
行先を目指して佇んでいたわが身

かつての少年は今は老いて
今日の若者に先輩面で
スライディングしてでも
未来への道に直進するよう
祈るように応援していた

移りゆく時代

毎朝歩く途中の
中学校の運動場では
ボールを投げたり蹴ったりと
それぞれの運動を楽しんでいた

かつて戦中の中学生時代
手榴弾を投げたり匍匐《ほふく》したり
最後は突撃で決戦の軍事教練だった

間もなく敗戦
サッカーやバスケット等のスポーツが

盛んになり中学生たちは存分に
生気を発揮するようになった

やがて平和な時代が来て
不幸な時代に育った我が身を
癒すようにゆっくりと川筋を歩いて
中学生たちの躍動に見惚れていた

遥かな目的

戦争勃発の時代に生まれ
幼年　少年　青年期と
一八歳までを戦争の真っただ中で育った
感じやすい純粋な精神の中に
戦後の軍国少年　自由平等が
混在してしばらく戸惑っていた

やがて広々とした前途が
目の前に拡がっていることに
気付いて駆け出していたが
向う先に自由で明るい希望の火が

点滅しており当人を呼んでいたが
歩いても走っても
未だ目的に到達することは
出来ず彷徨っている

忘れられないこと

その人は
眼が悪かったため
元特攻隊員として生き残り
いま九三歳影絵作家として
当時の〝光と影〟を画き続けている

せめて生き残った意義を尽そうと
多くの友人・同僚が零《ゼロ》戦で
桜花を抱いて飛びたち
青春の一枚一片の作品を捧げたが
海岸に立ってその人は動くことが

出来なかった

軍国主義の終り

撃ちてし止まむの時代の
往事は軍事教練の折
配属将校は軍刀を提げて
教練の生徒を叱咤激励して
行進や匍匐訓練を行った
当時ほとんどの教師は
指示棒を鞭にして生徒を殴ったが
配属将校は殴ることはしなかった

敗戦の日幼年学校を志す数人の生徒が
広島を訪れ入学試験に行ったが

校門が閉まっておりすごすごと帰って来た
以来軍国主義は影を潜めて
教練用武器は校庭深く埋められ
平和民主主義の時代へと一変スポーツの庭へ
軍事教練は無く配属将校は田舎へ
引越していった

島国の宿命

島国の日本は
大きく広い国土が欲しかったのか
韓国朝鮮をわが物とし
さらに満州中国や南太平洋の
島々にまで軍事力で拡げようとした

ために後年世界第二次大戦と
いわれる度に戦力国力を費やしたが
結果は無条件降伏となり
自由民主の平和国家に目覚め
今日狭い国土の中で生き長らえている

国といえよう
が　それで良いのか
他にもっと大きな夢はないのか
ある若者は独り言していた

平和なハワイ

七五年前
日本がアメリカに仕掛けた戦争で
日本空軍が急襲したハワイの
海底には今もアリゾナ号等
数隻《せき》が眠っていた
上の廊下を歩くと涙のように
泡を吹く海底があった

近くには日本敗戦の調印式を行った
ミズーリ号の艦橋があったが
観光客は戦争を忘れたように

通り過ぎていた
パールハーバーの海は
いまは平和な太陽の下で
静かな波に戦争を知らない
日本人若者が燥《はしや》いでいた

友ヶ島の歴史

紀伊半島と淡路島の間の
紀淡海峡は大阪湾への入口にある
友ヶ島は今は無人島となり
島は緑に覆われている

日露戦争でロシア艦隊の侵入を
迎え撃つために島内に大砲や
地下要塞を造成して待機していた
がロシア艦隊は東郷元帥の日本軍に
剪滅され島は無傷のまま残った

島には今は大砲の設置跡や地下壕を
残すだけで戦争の空しさを語る
平和の海風が吹く島となっている

時代の変遷

天皇も隠居されるという
　皇太子さま皇太子さま
すくすくお育ちなさるゆえ
千代田のお城の松風に
うれしやらんらんうれしやらんらんや

子供の頃よく歌った唱歌で
育った私たちも一緒に
もう隠居する世代

世界大戦争があった

乏しい暮らしのなか
大人になった我々も老いて
時代はどう変わっていくの
だろうか

独白

老いと共に思い出が
忘れられて過ぎてゆく
よい回想が次々と消えて
辛《から》く嫌な記憶だけが
いつまでも心に残って重い

戦争　人種差別　貧困等を
振り払おうと身を揺するが
嫌な現実は容易に忘れられない
良心を攻撃して右往左往して
慌てさせ混乱している

老人は全ての嫌な思いを
潔白にして旅立ちしたいと
ひたすら願って生きている

人生百歳時代

昭和の初めから戦中戦後の
日本人の寿命は戦争で死も多く
五〇歳と言われた

今日日本人の百歳以上人口は
六五、六九二人　内八七％は女性
一一六歳の女性は鹿児島県喜界町に
男性では一一二歳で東京都に

平和の時代の人類は幸せで
なくてはならない

日々を楽しく充実して
それぞれ明日を生きて行きたい

高齢化の日本人

戦争がないためか
日本人の高齢者は増加の一途
六五歳以上は前年から七三万人増えて
三、四六一万人　人口比の二七・三%
内女性は一億九六二万人で三一・一%
男性一、四九九万人の二四・三%
その内八〇歳以上は一、〇四五万人の八・二%

反面子どもの数は減少の一途で
学校の統合廃校も増えて
将来が案じられている

今日六五歳以上で働いている人は
七三〇万人（男五二・二％）（女三一・六％）で
日本人の暮らしは高齢者によって穏やかに
支えられているともいえようか

長生き老人は幸せか

今日の生活保護者は
二一〇万人という
六五歳以上病弱や独り暮し等の人が
年々増えているという

我が国は年々景気もよく生活も向上
しているというが一方で不幸な人も
増えていることを思うとき
決して豊かな社会といえないことを痛感

近所にも独り暮しの老人　体の不自由な

人を見掛けるが
どうして暮していくのか案じながら
この人たちも若いときはそれなりに働き
人並に生活していたことも
あったろうにと思う時　人生の運不運を
痛感する年齢になって
身を糺《ただ》すことを知った

星たちの願い

宇宙には
二兆もの銀河系等の
星があるという

我々の棲む地球もその星の一つで
上空できらびやかに輝いて
夢を見させてくれているが

その中の一隅で
地球人は美しい星たちを称えて
見上げ夢を見ていた

しかし地球人同士が殺し合い
他の星でも争い殺し合いをしている
未来はいかがなるのか

宇宙の平和は何時のことか
夢のような物語の未来でもある

Ⅳ　ふるさと・青春

さらばふるさと

幼い日育ててくれた
山や川や一本松
再び帰ることは無いと
遠い所から祈るように
懐かしみを断って
さらばふるさと

今は都会の片隅で生きて
決して忘れられない
山風の音やあけび採り
旧友たちとの遊びで育った

ことごとが次々と浮かんで
老いたいま数々の思い出が
呼んでいた

ふるさとの町

高妻山が聳《そび》える峰から
見下ろす町並みと
小田川の流れがしみる
静かなせせらぎ

かつて大名の参勤交代で
江戸への往復路の
宿泊地となった歴史の町は
わがふるさと

東へ西へ走る山陽道は

昔から歴史を駆けて
今も人々の夢を運んで
長閑《のどか》な町を生きていた

寝小便小僧

小学校入学前まで
寝込んで布団の中で
よく粗相《そそう》をした
子供心にも恥ずかしく
黙って夜中に寝巻きや布団を
始末してくれる母の傍で
体を震わせて許しを乞うていた

医者は夜尿症は病気じゃない
その内治るよと励ましてくれるが
夕方就寝前には裏庭に立って

掌を合わせてぶつぶつと祈った
今老いて夜中に小用に立って
ふと当時を思い出して
独り失笑していた

幼い日の記憶

＊小学校入学のある日、帰宅時になって夕立と雷に遭い、怖くて泣いていた少年を、名も知らない女性が家まで送ってくれたことがあった。名前も住所も知らないが、六十数年後の今もその人が忘れられない。

＊学校帰りの途中、塀から外に出た柿の熟した実を、友人と盗って食べた。

＊学校帰りの午後、いつも峠で中学生が腰を下ろしてハーモニカを吹奏していた。小学生の私は、楽し

みで何時も立ち止まって、知らない曲だが気持ちよく聴いていた。

　私が中学生になった頃には、もうその人の姿はなく、噂では、その人は予科練に行き、特攻として南の海で戦死したということだった。

＊竹で作った鉄砲を私にもくれて、戦争ごっこをした兄さんは、その後勤めの鉱山から、転勤したが、噂では、南方の島で戦死したと聴いた。

＊村で一人だけ買ってもらった、子供用赤い自転車は、毎日夢中で私を乗せて走ったが、コースは村から町へと広がって、遂に道に迷いべそをかいて駐在所の世話になった。

＊夏から秋にかけて、裏の山へよくあけび採りに行ったが、友とターザンごっこする隙に収穫はいつも女の子が多かった。その人も今はお婆さんになっていた。

ふるさとの小道

七十数年前に通った
小学校への小道を歩くと
煙草屋火薬屋やアメリカ帰りの
家などが並んでおり家並の中の道は
昔通り懐かしく脚を止めて
当時の声や想いが思い出されて
佇むと道脇の溝の流水が
さらさらと音たてていた

ある家の先輩は満蒙開拓義勇軍
として行ったまま帰国してないという

またある先輩は陸軍少年航空兵として
訓練中敗戦となり帰って来たが
今はどこで何をしているか
聴くこともなかった

後悔のことごと

誰にでも心に残る
傷痕が消えないで
老いてもなおふつふつと
疼くように呟いている

少年の日の友人との喧嘩
母を騙してお金をせびったこと
青年の日の失恋
仕事に就いてからの失敗の数々
苦しみは歳月と共に消え去るとは
誰が言ったのか

今も胸の中で時折り思いや悔いが
犇《ひしめ》いてつと立ち留まらせて
行方を邪魔するようです

気紛れのとき

ぼんやりと物思いに
耽っているとき
ふと　少年の日に
口にした童謡が
唇を吐《つ》いて出ることがある

歳を忘れて
何気なく口遊み唄っていると
ふさぎ込んだ気分が
何処かへ消えて
邪気のない思いが巡る

つと　立ち上がり
歩いて行くと
周囲の風景が
そよぐように揺れて
正気に戻っていた

木枯らし

じゃまたねと
言って別れたまま
しばらく疎遠になっている
君はいまどうしているんだ

また今度訪ねて行くからと
別れた奴は
その後いかがしているんだろう
音信もない

加齢とともに学校時代の

友人たちが次々と何処かへ去り
寂しさが加わって
身辺は木枯らしの音だけ

とりとめもなく

老いのためか
平素自分の中に隠れ潜んでいる
ものも忘れがちである
私は一人の人間を対象として
今日いかが過しているのか
知りたいと思って来た

少年時代多くの友人先輩の中に
隅々私の心に残っている者を
思い出すことがある
その人達ととりとめもなく

喋ってみたくなることがある

これという用件はないが
健康や近況などと共に
少年時代の思い出を
語り合って行末を図ってみたい

去っていく世代

私たちの同僚の中には
すでに次々とこの世を去った
友人もあって
生き長らえている私たちは
一面寂しい思いと共に
生きている喜びを
複雑に感じていた

太平洋戦争中に共に入学
軍事教練や竹槍訓練等を経て
戦後の民主主義を生きた

友人たちも東京や大阪等で
それぞれ新しい時代の己れを発揮した
同窓生も今何処で
何をしているのだろうか

すべての過去は
去って行くのだろうか

懐かしい神戸

何年ぶりかに六甲山で
数日間を過していると
見知らぬ遠くへ旅したような
錯覚に誘われて
緑と涼しい空気の中で
爽やかな気分になっていた

眼下の街並みや海面と港は
青春期の一時を過した
神戸の街が懐かしくふるさとの
ような気分が私を包んで撫ぜていた

かつてブラジルを旅したとき
神戸を懐かしみ出航で涙を流したと
語った老人は今サンパウロで
一家を成しているという
その人を想い出していた

去った青春

かつて愛の言葉を
かけようとした女性は
しばらくぶりに逢うと
美しく成長して
人妻になっていた

遠慮しながら挨拶しようと
乾いた口で固唾《かたず》を呑んで
ああ久しぶりで
と吃《ども》りながら言っただけで
わが青春の時代は

脆《もろ》くも去っていた

さまよう青春

きょうも吹く風
冷たい心が震えながら
わが身を叩いているような朝
果たさねばならない
ことがあった

風はささやくように
何かを語っていくが
その声を無視して前へ進むと
向こうにかすかに影が見える
影は蠢いて形は何か

わからなかった
そんな日常の中に
姿を探し行方を求めてきた
青春だった

父母の面影

もうええやろう
父はそう言って黙ってしまった
その後は父の無言の表情が
身に沁みた

もうええやろう
母が言った
別れの向こうで
哀しみが手を振っていた

母は百歳を過ぎて

父の残したささやかな遺産を
誰にも黙って
逝ってしまった

父も母もすでに居ないが
私に残った二人の面影は
今も生きていた

冥途の土産

もうそろそろ用意しなければと
いつも独り言しながら
整理していたが
あれもこれも持って行きたいと
母は言っていた

一体何を持っていったのだろうか
父から貰った金の指輪も
首飾りの真珠も
焼場で焼いてしまった

長年体を支えた
骨に抱かれて
身軽になって
どこを旅しているのだろうか

形見

母が田舎から私宅に越して来て
十年近く寂しい日々を過していた
亡くなったとき遺されたものを
整理していて病のため伏していた
布団を上げていたところ
敷布団の下に
一万円札が全面に敷かれていた

一瞬驚くと共にすぐに私は
その札をかき集めて　にんやり
とすると共に黙って頂き懐に入れた

唯一の母の形見と思い
大事に使わなきゃと思いながらも
何時の間にかその金は
無くなってしまった

焼芋

朝は父の庭先の焚火に
数人の生徒達が集り
暖まると揃って学校へ出発した
焚火の中から焼芋を掘り出して
生徒たちに持たせた
冷たい手が暖まると
その焼芋を頬張りながら学校へ急いだ

遠い昔の少年時代だった
少年は大人から今や老人になった
ふるさとの家の跡に佇み

昔を偲《しの》んでいると
山風の音に父の声を
聴いたようだった

人の変心

少年の頃よく夢を見た
現実の貧しいことは忘れて
近い将来これらを克服して
成功したいと心に誓った

父はよくしゃべり過ぎてはいけない
言葉は少なく相手に誠意を
感じさせる行いをすることで
信頼されると教えた

成人して社会に出て

思いを実現するために
熱弁で思いを克服したが
何時頃からか
あいつは言葉はうまいが
信頼できないと
風評される男になっていた

無言の墓碑

父母が数十年前に亡くなって
以来ようやく両親への哀しみが
身にしみる今日
私も老いて初めてあれこれと
親不孝してきたことが
何故かことごとに思い出されて
わが身を嘖《さいな》んでいる

苦しい家庭で
旧制中学から大学へ行くまで
それなりに私の願いを

黙って聴いてくれた両親は
今日の私をどう思っていたのか
甲斐性がないから役には立たなかったと
諦めていたのか許していたのか
墓碑は黙ったまま何も言わない

墓地の父母

年に数回墓参して石塔を磨き
辺りを掃除して許しを乞い
父母への祈りは読経ではなく
不孝を侘びる言葉ばかり

石碑に祈っても甲斐ないと思いつつ
せめて親孝行は出来ないまま
別れた後悔を吐露して
おのれを慰めていた

それでも墓地から

大阪湾を見渡すと一望して
一瞬心は晴れて
眠ってくださる安心が
許してくださる父母と思いたかった

身支度

長年生きて来て
身には世俗の垢が
まとわりついているはず
この垢を洗い流して
奇麗になって
次の世界への旅支度を
しなければならない

老いた身を若々しく
美しく着飾って
堂々とあの世の道を闊歩して行きたい

亡き父や母が待っている彼の地は
まだまだ遠いが
親不孝を詫びてせめて
肩でも揉みたいと思っている

生きる

毎日のように
わが心が葛藤して
いるものは何かと
判らないまま
雑踏の中を歩くように
過している老人

行方は遠く
目指すものはまだ見えないが
必ず何かを達成して
人として生きる意味を実現

亡き父母への土産に
しなければと
生きている

V 山・島

山に生きる人々

山岳の多いわが国には
それぞれの山に山男が居て
ガイドや世話をしてくれる
山女もあって案内や食事も教えて
皆んなそれぞれ山を愛し
都会への憧れはない

山林や岩山を歩いて
生きる甲斐として彼らは
山の緑や花々を愛し生きている
原動力として山の稜線で

人生を鍛え喜びとしている
日本列島の美しい山々に覆われ
美しい形の山々の緑の山岳で
雪や林と共に生きていた

山上の花

数百メートルの高山へ
登る途中の岩陰で
咲いていた名も知らぬ一輪の花が
登山者の感謝の息に合わせて
風に揺れていた

そこには
山上の孤独を生きて
登山者に遭遇して
身を捩って喜んで頬笑んで
よく来てくれたと

言って咲き誇る花があった

錆びたピッケル

新緑の徳澤*から見上げる
奥穂高の岩壁は
もう老いを寄せつけないが
尖った氷壁は溶けて
朝陽のやさしさに輝いていた

定年を迎えたら
この山へ登ろう
長年ピッケルを撫ぜて
槍も剱も北岳にもと
夢をみた

いまは石突きに錆が深く
老いの爪も脆い
岩肌を咬んで
頂上に立つことは
遂にできなかった

三、一九〇メートルの天辺から
パノラマを遠望して
連峰の褶曲《しゅうきょく》を見渡し
その向こうにある
ものを見たいと
思い続けてきた

使うことのなかった
ピッケルの錆は

挫折の痕跡のように
消えることはなく
玄関脇に佇んでいる

＊徳澤の地には、かつて牧場だった緑地に作家井上靖が小説『氷壁』を書くために宿泊した「徳澤園」という宿がある。

島の駐在所

初めての島に赴任した
若い警察官は妻を置いて
夜や昼間の住民への挨拶代りに
独り島を警らして回った
また自分はともかく留守にした
若い妻一人が気がかりでもあった

荒れた海で避難した漁船や
海水浴で島へ来て溺れた少年の
保護など事件事故は絶えない昨今
頼りにされる任務に

波頭を見つめて遠い故郷が
恋しくなる夜もあったりするが
夜中まで駐在所の門灯は点いており
課せられた任務が自分を守っていた

八丈島物語

豊臣秀吉の五大老で
岡山藩主の宇喜多秀家は
関ケ原の戦で敗れ豪姫と別れて
部下一三人を連れて太平洋の二八七キロ
沖の孤島八丈島へ流された
島は七二・六二平方キロの小島
秀家はこの島で四九年間幽閉され
八三歳で亡くなった

当時流刑地だった島には
犯罪者二千人余の日本人も居ったという

今日八丈島は東京都に属し
特産物〝明日葉《あしたば》〟は有名でもある
島の人々は東京のような雑踏する
街には住みたくないと
特異な島ことばで失笑していた

Ⅵ 千里川

朝の川筋

支援学校の少年少女たちが
今朝も寒風の中を
朝から散歩している
川沿いの道をとぼとぼと
言葉もなく
先生に導かれ列の中で肩擦れ合って
数十人が日課のように歩いている

頭上の木々から囀《さえず》る小鳥たちが
伴奏のように騒いでいた
川面には鴨が浮かんで赤や黒の

鯉も泳いでいた
カラスも餌を探して飛び交い
それぞれが散歩を応援していた

どんなもんじゃ

おお　この花はきれい
と脚が止まった
白く清潔な花房が
木いっぱいに咲いて驕らず
ひっそりと庭の隅にあった
なんちゅう花やと問うと
〝一葉《ひとつば》たご〟や　なんじゃもんじゃ
と言う人もあるという

木の下から見渡す街は
のどかに動いていたが

人口一三万人余の家並の中に
わが住み処もあった
この街に住んで三〇年近く
第二のふるさとと私を包んで
終りの人生を守ってくれて
どんなもんじゃこの街は
問うように風に揺れていた

川水の夢

いまも家の側を
南へ向かって流れる千里川の水は
未来の夢を見ながら
千里の果てまで旅をするという
やがて大阪湾から太平洋へ
広く大きな夢を孕《はら》んで
辿る流れは何を掴むのだろうか

この川に棲む鯉や蛙は
川藻を餌に奪い合って
命を保ちせせらぎの中で

生涯を終えるが
この川辺に住む人間も
終生この地を住み処として
流れる水に夢を託して送り
家督を子孫に譲るという

朝の散歩道

アドプトリバーと呼ばれる
千里川はささやかな流れを
南の海へ向かって行く旅人
水に浮かぶ水鳥や緋鯉を連れて
どこまで行くというのか

岸辺には青葉の木立にマンション街
大海原に向かって旅する光の波
再び逢うこともない流離《さすら》う流れ

この川沿いを毎朝夕

人々はひたすら歩き
昨日のこと今日の夢を
踏み締めて明日に向かって
朝陽を仰いでいた

隼《はやぶさ》の旅

今年も千里川の上を
隼が飛んでいる
北海道から中国・インド等を旅して
やってくるという隼は
大阪の街並で何を見るのか

私には出来ない旅で
冬が来ると世界の空から
他の小鳥たちは減るが
人間の世界を俯瞰《ふかん》して
ふるさとのように育った

景色の中へ帰ってくる
隼は勢いよく千里川沿いを
飛んでいた

早春賦

千里川沿いの散歩道の雑草は
冬でも年中元気よく雪に埋れ
人々に踏まれても緑は生きていた

川沿いの木々は眠っている
枯木のように裸になって風に揺れ
雑草は年中元気だった
冷たい川面では鴨など
大小の水鳥が遊び水面の上を
ひよどり等名も知らぬ小鳥が
飛び交っていた

春はまだか岸辺の柳はすでに芽吹いて
老人が一人立止まって見上げ
何か独り言すると
ゆっくりと脚を運んでいた

風の行方

風が歌いながら
頭上を掠《かす》めて回転し
遠くへ飛んでいく

あるときは
轟音を響かせ
またの日は優しい歌声で
周囲を巡って
辺りを潤して
何処かへ行ってしまった

探す術もなく
木の葉は夢を孕んだまま
身を散らし行方は解らないが
新しい風に吹かれていた

残照

西の空に残照の明かりが
何かを忘れたように
山影となって佇んでいた

今日への未練か
明日への夢か
夕陽は語ることもなく
一日の勤めを果たして
山の端から何処へか
消えて行った

解説　佐藤勝太詩集『佇まい』
多面的なテーマを貫く人間詩想の体温

佐相　憲一

ボケたボケた、とつぶやきながら、そのぼやきの中に思いがけない何気なさで、本質を見抜く鋭い眼を感じる。わたしから見た詩人・佐藤勝太氏の境地である。これまで刊行された一四冊の詩集にはそれぞれに光る詩が多々見られ、さまざまなテーマをつかんで切実に表現してきた。そのすべての詩作の先に、さらなる佳境に入った今詩集である。

人情味あふれる、とぼけたユーモア、自分自身に厳しく、他者に優しい観察眼と内省力で、多面的なテーマを貫く人間詩想が味わい深い。

第Ⅰ章「自画像」から一篇、第Ⅱ章「肖像」から一篇、それぞれ全文を引用しよう。

自画像

理髪店の鏡に映っている顔
銀髪が光っていると思っていた頭は
サラサラと冬の芒のよう
頭頂の疎林を風が吹き抜ける
額には数本の狷介《けんかい》な横皺

鼻梁は貧相なくせに
中心に座っている
左の眉は薄い
なぜか白い毛が一本立っている
左眼が小さく一重瞼
それでも右眼と競って
老眼を開いて貪欲に
遠くの光を探している

一文字に結んだ口は
右斜に傾いて
何事かを言いたげだ
頬や額の染みは翳となって
表情は茫然としている
それでもまだ世間を歩いている
これからも人混みを闊歩し続けたい
と思っている

俺の顔が輝く
髪型にしてくれと言うと
若い理髪師は
ハタッと手を止めて薄笑い
考え込んでしまった

青春をなぞって

正月三が日が過ぎて
人混みがなつかしく街に出た
デパートはどの階も
女性がひしめき
男客は疎《まば》ら
売場には女物が様々と波打って
バーゲン台の人垣を分けて
後ろの方から　どう地味やろうか
六十路の女性が胸もとで広げた
花模様の派手なセーター
よく似合っているわと連れの女性の
濃い化粧の皺が笑っている

二人は共に地味な人絹地のモンペ姿で

竹槍を肩に戦争を駆けた女学生時代があった
いまようやく喜々として
遠い青春をなぞっていた

両篇ともに鋭く微笑ましい人間観察だが、「自画像」には自虐を装ったユーモアの中に生き方への思いが表明されていてダンディだ。〈それでもまだ世間を歩いている／これからも人混みを闊歩し続けたい〉。「青春をなぞって」では、デパートで見かけた〈花模様の派手なセーター〉と〈濃い化粧〉の女性陣に〈地味な人絹地のモンペ姿で／竹槍を肩に戦争を駆けた女学生〉を透かし見る視点が温かい。もしかしたら、こういうのを本物の反戦詩というのかもしれない。老いた顔の皺の向こうに通り過ぎた歳月の苦楽が想像される。その点でこの二篇は共通だ。「自画像」のようにそれを自分自身にまで至らせる客観視野と、「青春をなぞって」のように他者の思いを我が思いとする懐の深さ。共に内側から肖像を詩化させたⅠⅡ章の詩群には、作者が到達した人間文学の境地が展開されている。

第Ⅲ章「戦中から現代へ」では、戦時中に少年時代を過ごした人の思いが切実だ。いまの若者をまぶしく応援しながら、老いの痛みを織り交ぜて、苦しかった時代の貴重な記憶をよみがえらせる。同じ年齢の人間が、生きる時代の違いでスポーツか軍事訓練か、決定的に運命が分かれるということ。この視点でタイムスリップの情景を目の前の情景と比べ見る詩群は、隔世の感を綴るだけではない、詩文学としての奥行きを感じさせる。平和を願い戦争の記憶を記す作者にとって、特攻兵士に象徴される軍国主義そのものへの視点は厳しい。いままた周辺国との関係を口実に怪しくなった政治情勢のもとで、これらの詩群をひろくさまざまな世代の人びとに読んでもらいたい。

第Ⅳ章「ふるさと・青春」詩篇は、今回の詩集のもうひとつのハイライトと言えよう。たっぷり二二篇からは岡山県の郷里の日々の回想が甘酸っぱく切々と響き、友人や親族への熱い思い、歳月を経てろ過された情景、途中、神戸での青春も経ながら、父母の墓を前にした心の声がせつない。ふるさとを描いた古今東西の名詩群の中に、わたしはこの章まるごと加えたい。

しんみりした後は、第Ⅴ章「山・島」詩篇にほっとする。雄大な自然の中に身を置いて、さまざまな批評を交えながらも、作者の描写は伸び伸びとしている。

そして、詩集は最終章（第Ⅵ章）「千里川」詩群へとつながる。作者一家が住み着いて久しい大阪府箕面市の住宅街に流れる千里川。大阪でよく知られた川である。この川を地域の象徴として、作者は日常の生き生きとした情景をさらりと詩にうたっている。この八篇を冊子として独立させれば、地域愛好の文芸冊子として親しまれるだろう。冒頭の詩「朝の川筋」では、障がいをもつ子の支援学校の生徒と先生を鳥たちが応援するという夢のある情景だ。ここらへんにもこの詩集と作者の体温が感じられる。土地讃歌というのは意外と難しくて、ともすると通り一遍のわざとらしいものになる。ところが、この詩集の千里川周辺詩群は一篇一篇が飽きさせない。それは一つの土地に生きる人びとと自然風景と自分自身の人生感慨の絡み合いの深度が、普遍的な次元にまで達して読者に伝わるからだろう。だから、大阪府箕面市の情景を越えて、生きることの真実の領域を感じさせるのだろう。それでいて、これはまさに千里川地域を描いたものでもあるのだ。
詩集最後を飾る名詩「残照」を全文引用して、この中身濃く味わい深い詩集の案内を終えよう。

残照

西の空に残照の明かりが
何かを忘れたように
山影となって佇んでいた

今日への未練か
明日への夢か
夕陽は語ることもなく
一日の勤めを果たして
山の端から何処へか
消えて行った

あとがき

人生八十数年間、佇んで生きてきました。

その間、社会のため、自分のために何をしたか、何があったか、私としては語るべきこともない次第です。人間らしい喜びや悲しみを、十分味わうこともなく、今日を迎えました。

拙い詩を書くことで、己を叱咤し激励してきましたが、未だ満足すべき作品とは言えず、多くの人にご迷惑をおかけしています。

これも私の拙い生き方のせいと、お許しいただき、詩集『佇まい』にお目通しいただければ幸甚この上もありません。

詩は、平素、生のことばでは言えないことを、心のことばで表現して理解してもらうものですが、いかほど共感してもらえるか不安です。何とぞよろしくお願いいたします。

平成二十九年　秋

佐藤　勝太

著者プロフィール

佐藤　勝太（さとう　かつた）

１９３２年（昭和７年）岡山県矢掛町生れ
佛教大学社会学部社会学科卒業

〈所属〉
日本文藝家協会・日本詩人クラブ・関西詩人協会・兵庫県現代詩協会・尼崎芸術文化協会、など

〈発行詩集〉
『徽章』１９６３　自家版
『エトセトラ』１９８６　再現社
『黙示の人』１９９０　檸檬社
『光と陰の間』１９９５　編集工房ノア
『遥かな時』１９９９　編集工房ノア
『時の鼓』２００１　編集工房ノア
『掌の記憶』２００５　詩画工房
『夕陽の光芒』２００８　竹林館

『陽炎の向こう』２０１０　竹林館
『峠の晩霞』２０１２　竹林館
『果てない途』２０１４　編集工房ノア
『ことばの影』２０１５　コールサック社
『名残の夢』２０１６　コールサック社
『生命の絆』２０１７　文芸社
『佇まい』２０１７　コールサック社　　計15冊

〈歌曲詩〉（ひょうご日本歌曲の会で作曲・演奏された作品）
「青い空」「スマイル人生」「宙のオーラ」「出発つ少年」「歌っていけば」「春を呼ぶ声」
「タップで踊ろう」「ああ神戸」「四季の歌」　計８曲

〈展〉
「墨象と現代詩の出会いを求めて」「日韓合同詩画展」「関西詩人協会での毎年の詩画展」等

〈受賞〉
「詩のフェスタひょうご知事賞」「兵庫県ともしびの賞」「半どんの会文化賞」「箕面市長賞」
「日本詩人クラブ永年会員賞」等

住所
〒５６２-００１５　大阪府箕面市稲３-11-25

石炭袋

佐藤勝太詩集『佇まい』

2017年12月7日初版発行
著　者　佐藤勝太
編　集　佐相憲一
発行者　鈴木比佐雄

発行所　株式会社 コールサック社
〒173-0004　東京都板橋区板橋 2-63-4-209
電話 03-5944-3258　FAX 03-5944-3238
suzuki@coal-sack.com　http://www.coal-sack.com
郵便振替　00180-4-741802
印刷管理　（株）コールサック社　製作部

＊装幀　奥川はるみ

落丁本・乱丁本はお取り替えいたします。
ISBN978-4-86435-321-2　C1092　¥2000E